我们仨的泥球

[日]中住千春/著　[日]长谷川香子/绘　王昕昕/译

青岛出版集团 | 青岛出版社

小遥的心扑通扑通地跳着。

今天是她搬家的日子,要跟自己从小的玩伴铃铃说"再见"了。

过来道别的铃铃,眼里噙满了泪水。她将手里紧紧抓着的塑料袋递过来,说:"小遥,送你的……"

好不容易挤出这句话,下一秒,铃铃就紧紧地抱住小遥,哇哇大哭起来。

"铃铃,别哭了。"

铃铃从小就爱哭。她一哭,小遥也想哭。

每当这个时候,小遥就会有节奏地轻轻拍打铃铃的背。

拍拍、拍一拍,拍拍、拍一拍……

这样一来，不知为何，小遥的眼泪也收了回去。

小遥使劲吸了下鼻子，接过塑料袋，抱在了怀里。

袋子里装的是一个沉甸甸、冰冰凉的泥球。对她们俩来说，泥球是非常珍贵的宝贝。

小遥和铃铃同岁，都是一年级的

学生。她们是邻居，又都是独生子女，所以从小就像姐妹一样，总在一起玩。

每天放学回家，她们放下书包就跑到屋后的空地去玩。

"铃铃，我们今天继续吧！"

"嗯，继续做泥球。"

"做个漂亮的泥球。"

空地的一角长着一棵大树。树下的泥土湿度刚刚好,很适合做泥球。

她们蹲在地上,用小木棍挖出一些泥土来,然后将泥土捏成圆圆的泥球,反复地揉搓后,撒上些干土,再继续打磨。

揉一揉、搓一搓、滚一滚,撒上干土,再次揉一揉、搓一搓、滚一滚……一遍又一遍地打磨。

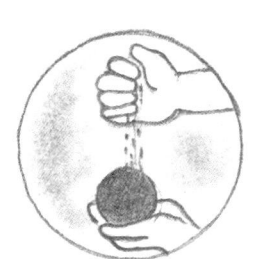

"小泥球,圆滚滚,滚滚圆,
撒上土,揉一揉,捏一捏,
搓圆圆,磨亮亮,滑溜溜,
漂亮的小泥球做好啦!"

她们一边唱歌一边做泥球,小手跟着节拍来回揉搓,常常玩得忘了时间。

玩累了的时候,她们就停下来休息一会儿。

小遥会放下泥球,甩一甩手,或是站起身来伸个懒腰。

"铃铃,你也休息一下吧。"小遥说,可铃铃手上的动作依然没有停。

铃铃虽然是个慢性子,但是做任何事都很认真。她做泥球的时候非常耐心、细致,会花很长时间慢慢打磨。所以,铃铃做出来的泥球又圆又滑又亮,特别漂亮。

一年级的那个寒假，爸爸妈妈告诉小遥：他们要搬家了。虽然新家就在相距不远的另一个街区，但是小遥必须要转学。

"不要！我不要搬家，我不要跟铃铃分开，不要！"小遥号啕大哭。

她想跟铃铃还有班上的其他朋友们一起上学。她没法接受自己要一个人去另外一所学校。

"小遥,突然说要搬家,真是对不起。"爸爸抱歉地说。

"没事的,小遥很快就会交到新朋友的。"妈妈鼓励道。

无论小遥怎么哭闹,多么生气,他们一家还是要搬走的。

一转眼,寒假就结束了。

搬家的日子也到了。

小遥在心里想:真不想跟铃铃分开,我们还要一起做好多好多泥球呢。

真想跟铃铃一直在一起,一起上二年级、三年级,长大后也一直在一起。

可是……

爸爸发动了汽车,妈妈跟邻居们一一道别。

铃铃连忙对小遥说:"小遥,我会经常跟你联络的。"说完,她就哭着迅速转身跑开了。

"铃铃,我也会经常跟你联络的!"

扑通、扑通、扑通……小遥的心跳变得像跑步时一样急促。

小遥将泥球紧紧地抱在胸前,像是要掩盖住自己的心跳声。

她按捺住扑通扑通直跳的心,跟铃铃道了别。

距离搬家已经过去一个月了,小遥慢慢习惯了新家和新学校的生活。

"我回来了。"

"小遥回来啦!今天在学校过得怎么样?"

"还是一样。"

"亚美今天过来玩吗?"

"不知道。"

妈妈每天都会问同样的问题。

亚美是小遥新家的邻居。

妈妈怎么总是提起亚美,她难道是把铃铃忘了吗?小遥在心里想。

"唉!"她叹了口气,回到自己的房间,放下书包,跑到书桌前。

书桌上有一个盘子,盘子里放着一个泥球。

那是铃铃送给她的宝贝。

小遥坐到椅子上，开始给泥球做养护。

她先用湿毛巾裹住泥球，让它吸收水分，防止变干，然后，将泥球放到手心里，一遍遍地揉搓、滚圆。

每当小遥养护泥球的时候,她就会想起铃铃。

"铃铃,你现在过得怎么样?我不在你身边,你一切都好吗?有没有又在哭呢?我觉得很孤单。我很想念你,铃铃。"小遥轻声地嘟囔。

"唉!"她又叹了口气。

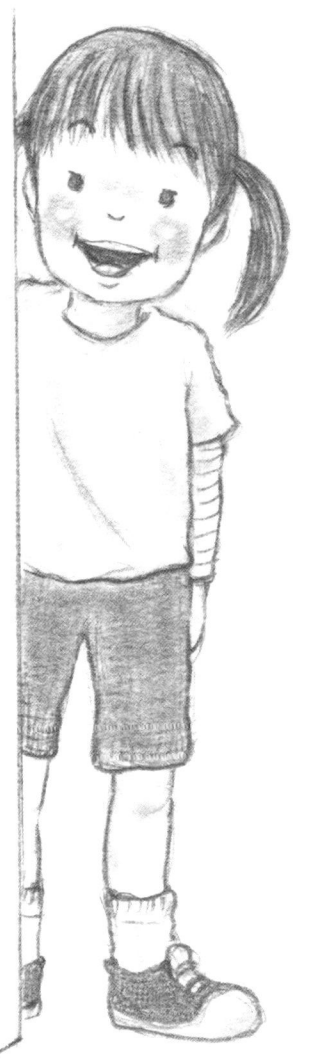

叮咚、叮咚、叮咚。

门铃连续响了三下,这是亚美按门铃的方式。

小遥将泥球放回了盘子里。

亚美是小遥的同班同学,是她在新学校认识的新朋友。

最先跟转学来的小遥打招呼的人就是亚美。之后,亚美带着小遥熟悉校园,跟她一起吃饭,陪她一起去洗手间。不管是课间休息,还是回家之后,两个人都在一起玩,就像小遥跟铃铃当邻居时那样。

不过,亚美性格坚毅,做起事来也很利索,跟慢性子的铃铃完全不一样。

每当小遥仰头看着个子高高的亚美时,脑海里都会浮现出个子小小的铃铃;看着干脆利落地大声讲话的亚美,就会想起说话时有些害羞的铃铃。

小遥的心在亚美和铃铃之间摇摆不定。

我也不是不喜欢和亚美做朋友。

可是……亚美不是铃铃。小遥心想。

"小遥,我来找你玩啦!"玄关那里传来亚美的声音。

小遥还在磨蹭着,亚美已经来到了小遥的房间门口。

亚美总是这样风风火火。

她径直走进来,看到了书桌上的泥球。

"哇!"

"小遥、小遥,这是什么呀?"

啊,被发现了!小遥心里一惊。

"原来是个泥球。怎么把泥球放在盘子里呢?"

亚美的语气让小遥觉得很不舒服,她忍不住大声地说:"这是我搬家的时候朋友送给我的,它可是我的

宝贝！"

"哦。"说着，亚美拿起了泥球。

"仔细一看,它可真光滑,很漂亮。"

听到亚美的夸赞,小遥这才稍稍满意:"这是铃铃做的,很漂亮吧?铃铃可是做泥球的高手。"

"铃铃是谁?"亚美问。

"铃铃是我搬家前的邻居,也是我最好的朋友。"

"哦。"

"我们经常一边唱歌一边做泥球。"说着,小遥拱起手背,摆出做泥球的姿势,"那时候真开心!哎呀,我想铃铃了。"

"做什么泥球哇,还跟幼儿园的小朋友似的。"亚美突然噘起嘴说。

"不，才不是呢！"

"就是的，就是幼儿园小朋友才玩的泥巴游戏。"

"我们玩的不是泥巴游戏。要做出这么漂亮的泥球，是很难很难的。"

"这很容易做吧。"

"才不容易呢，要做出像铃铃做的这么好的泥球，特别难！"

"小遥,我是专门来找你玩的,可你却一直在说铃铃的事。真无聊。"
亚美把手里的泥球咚的一下放回盘子里。

"哎呀!"

泥球上出现了几道裂缝,露出了一个黑色的缺口。

"啊,对不起!"亚美连忙用双手将泥球裹住,想要捏回原来的样子。

可是，泥球恢复不成原来的样子了。

"亚美，你太过分了！"

"对不起，小遥。"亚美垂下了头。

"行了。"小遥一脸怒气，对亚美冷冷地说。

"真的很抱歉。"

小遥没有回应。

亚美沮丧地回家了。

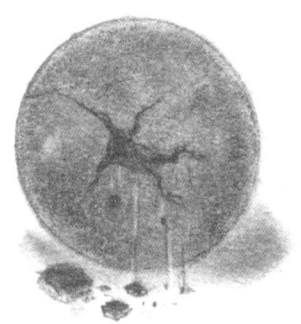

"怎么办,裂开了……"

小遥跑到泥球跟前。

"对不起,铃铃,泥球裂开了。"

小遥目不转睛地盯着泥球。

"咦,里面是什么东西?"

泥球的缺口那里有个小小的绿色的东西。小遥想要把它取出来,却又停住了手。

那绿色的东西蜷曲着,看上去像是什么东西发芽了。

"这是发芽了吗?可是,泥球能发芽吗?"

小遥把脸凑近,仔仔细细地观察。

泥球中间钻出来细细的茎,顶端是小小的芽。

"发芽了,泥球发芽了!太神奇了,太神奇了!泥球发芽了!"小遥大声地喊着,连忙捧起泥球去告诉此时正在院子里的妈妈。

妈妈拿出一个空花盆,往里面填了些土。小遥将泥球轻轻地放到里面,先松了松泥土块,又将四周的泥土压平整。

"哇!"

嫩绿的芽在花盆中央挺立起来。

虽然泥球裂开了,但却让小遥发现了里面的嫩芽。

它会长大吗?它会开花吗?或者它只是一棵小草?

从泥球里冒出来的嫩芽,在阳光的照射下,闪着耀眼的光芒。那一抹初生的绿色是如此鲜艳,亮晶晶的,非常漂亮。

小遥凝视着那株嫩芽,心中的阴霾一扫而空,心情好了起来。

这时,小遥听见咔嗒一声轻响。

她抬头朝声音传来的方向看去。

从小遥家的院子里,可以看到隔壁二楼的窗户,那是亚美的房间。透过窗帘,小遥看到了亚美的身影。

我刚刚是不是生气过头了?对亚美那么冷漠,是不是有些过分?……

小遥面朝窗户的方向,张开口想要喊"亚美",却没有发出声音来。

小遥想:我得跟亚美道歉,她又不是故意弄坏泥球的。

可是她的腿却迈不出去。

dīng dōng　　dīng dōng　　dīng dōng
叮咚、叮咚、叮咚。

chī wǎn fàn qián　　mén líng lián xù xiǎng le sān xià
吃晚饭前，门铃连续响了三下。

shì yà měi lái le　　tài hǎo le
"是亚美来了。太好了！"

xiǎo yáo gǎn máng wǎng mén kǒu pǎo qù
小遥赶忙往门口跑去。

"咦？"

门外没有人。

"真奇怪，明明是亚美按门铃的方式。"小遥看了看周围，"啊！"

门边放着一个盘子，盘子里装的是……一个泥球吗？

它的表面坑坑洼洼的，看上去

很粗糙，甚至都称不上是泥球，只是一团泥块而已。

"呀，真是个奇妙的泥球，看上去快散架了。"

小遥突然想到了什么。

"难道……这是亚美做的？她是为我做的吗？应该是吧？"小遥的脑海里浮现出亚美认真做泥球的样子，"她之前还说这是幼儿园小朋友才玩的泥巴游戏……"

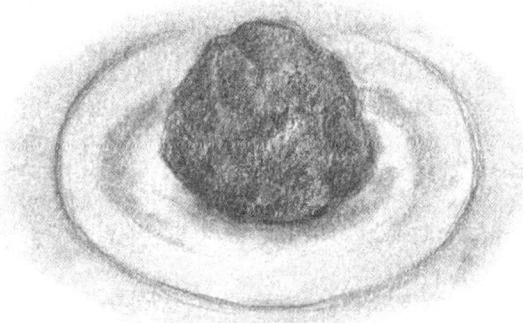

"小泥球,圆滚滚,滚滚圆,
撒上土,揉一揉,捏一捏,
搓圆圆,磨亮亮,滑溜溜,
漂亮的小泥球做好啦!"

"这首跟铃铃一起唱过的歌,真想教亚美一起唱。"

小遥小心地拿起亚美做的泥球。她看着泥球,使劲地点了点头:"明天,就明天,我明天一定要跟亚美和好。"

第二天早晨，小遥一到教室就找亚美。

同学们三三两两地扎着堆，叽叽喳喳的，很热闹。可是，亚美没跟他们聚在一块儿。

亚美在哪儿呢？小遥四下张望："在那儿！"

亚美一个人孤零零地站在教室的一角。这不像平常的亚美。

小遥用力握了握拳头,深深地吸了口气,走到亚美身边,说:"亚美。"

亚美马上抬起头来。

"那个……昨天我不该生气的,对不起。"小遥一口气说完。

亚美有些吃惊地张开嘴,接着,上前一把抱住了小遥:"小遥,我也应该跟你道歉。"

亚美抱过来的冲劲和她的大嗓门让小遥不禁笑了起来，亚美也跟着笑了起来，两个人都咯咯咯地笑着。

"太好了！"小遥的心情一下子轻松起来，"亚美，谢谢你给我做的泥球。"

"我是第一次做，真的太难了。"亚美有些不好意思地挠了挠头，"铃铃

的泥球做得真好。让我给弄坏了,真对不起。"

"没关系!再说了,我在泥球里还发现了很好的东西。"

"啊?好东西?"

"嗯,好东西!"

小遥把在泥球里发现嫩芽的事告诉了亚美。

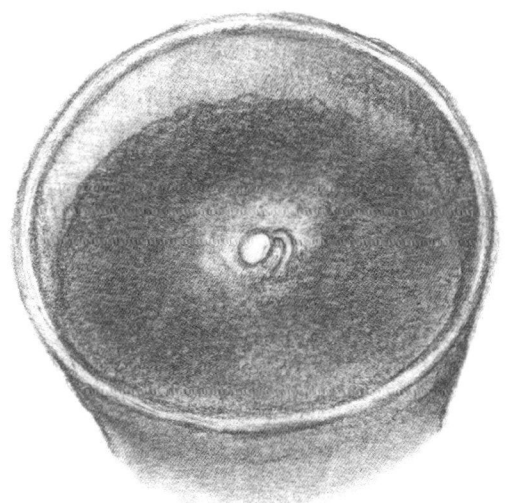

"真的吗？泥球真的发芽了？"亚美感到很惊奇。

"多亏了你，我才发现了嫩芽。这可是大发现！"

"嗯嗯，多亏了我！"亚美两手叉腰，挺起胸膛得意地说。

这才是亚美嘛！

"我能去看看泥球里的嫩芽吗?"

"嗯,好哇!"

"那放学一起回家。"

"好!"

两个人啪的一声互相击了一下掌,又咯咯咯地笑了起来。

从那以后,小遥精心地照料着那株嫩芽。她把花盆搬到光照好的窗边,给它通风、浇水。

亚美也会过来帮忙。

"它会开出什么样的花呢?"小遥很期待。

"如果只是一棵草的话,就扫兴了。"

"一定是花！"

"嗯，希望是很可爱的花！"接着，亚美又说，"小遥，如果开花了，一定要告诉铃铃，她肯定会觉得很惊喜。"

"嗯，我也这么想。我会跟玲玲说的。"小遥笑着点点头。

一天，嫩芽缓缓昂起头，张开，变成了两瓣。

"加油！"

"加油！"

过了一周时间，充满生机的叶子长了出来。

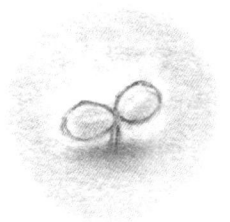

"叶子长出来了!"

"叶子长出来了!"

小遥和亚美手拉着手,开心极了。

慢慢地,叶子越长越多,渐渐铺展开来。

每天,小遥都满心期待地观察它的生长情况。

到了六月,叶子长得更加繁茂了。

终于,一个紧实的花骨朵冒了出来。

"太好了!"

"快了吧?"

"嗯,就快开花了。"

"等得真着急呀!"

这天放学后,小遥和亚美一起回家。她们像往常一样,直奔花盆那儿去了。

最先发现的是亚美,她大声地喊道:"开花了,开花了!小遥,你快看,快看!"

小遥赶忙走到跟前。"咦?这个花是……"

那是一朵白色的小花,花蕊是黄色的,花瓣是白色的。

小遥怔怔地看着那朵小花,眼里渐渐盈满泪水。"这种花我见过,我认识。"

跟铃铃一起做泥球的那块空地上就开着许多这样的花。小遥和铃铃还一起采摘过。那些花曾经一直默默陪伴着她们。

白色的小花在小遥的泪水中变得模糊起来。

"小遥,你怎么了?"

小遥看着亚美一脸为自己担忧的样子,心中百感交集。她的脑海里不断闪现着与铃铃分别、然后认识了亚美的情景。

"亚美……"小遥抱着亚美,哇哇地大声哭了起来。

以前,无论什么时候,爱哭的都

是铃铃,小遥是负责安抚的那一个。

而如今,陪在小遥身边的人变成了亚美。

亚美没有出声,她有节奏地轻轻拍打着小遥的背。

拍拍、拍一拍,拍拍、拍一拍……

在亚美的安抚下,小遥的眼泪止住了,身体也放松下来。

后来,白色的小花开满了整个花盆。

小遥和亚美一起把这个好消息告诉了铃铃。

妈妈帮忙把小白花分株移栽成了三小盆。小遥、亚美、铃铃一人一盆。

亚美抱着花盆,非常开心。

这天是小遥和亚美去跟铃铃见面的日子。她们坐在公交车上,泥球开出的白色花朵摇曳着,仿佛在对她们微笑。

图书在版编目 (CIP) 数据

我们仨的泥球 /(日)中住千春著 ;(日)长谷川香子绘 ; 王昕昕译 . -- 青岛 : 青岛出版社 , 2023.4
ISBN 978-7-5736-1013-3

Ⅰ.①我… Ⅱ.①中…②长…③王… Ⅲ.①儿童故事 – 图画故事 – 日本 – 现代 Ⅳ.① I313.85

中国国家版本馆 CIP 数据核字 (2023) 第 052079 号

Dorodango, saita
Text © NAKAZUMI Chiharu 2019
Illustration © HASEGAWA Kako 2019
First Published in Japan in 2019 by Froebel–kan Co., Ltd.
Simplified Chinese language rights arranged with Froebel–kan Co., Ltd., Tokyo, through Future View Technology Ltd.
All rights reserved.
山东省版权局著作权合同登记号 图字：15-2023-48 号

WOMEN SA DE NIQIU

书　　名	我们仨的泥球
著　　者	[日]中住千春
绘　　者	[日]长谷川香子
译　　者	王昕昕
出版发行	青岛出版社（青岛市崂山区海尔路 182 号，266061）
本社网址	http://www.qdpub.com
邮购电话	0532-68068091
责任编辑	王　佳
封面设计	夏　琳
照　　排	青岛可视文化传媒有限公司
印　　刷	青岛乐喜力科技发展有限公司
出版日期	2023 年 4 月第 1 版　2023 年 4 月第 1 次印刷
开　　本	24 开（889 mm×1194 mm）
印　　张	3
字　　数	35 千
印　　数	1—8000
书　　号	ISBN 978-7-5736-1013-3
定　　价	25.00 元

编校印装质量、盗版监督服务电话　4006532017　0532-68068050